テリーヌの夢

藤本玲未

左右社

テリーヌの夢

藤本玲未

目次

III

I

月光が鳴る

眠ったらひと駅過ぎて膝元の本が遥かな水際に着く

多摩川で花火をしたね制服がまたたくような夏の終わりに

「それぞれの風」からアルトになるという女学生の紺のソックス

金魚より水槽が気になっているふりで会話をつなぐしんどさ

家出するみたいな紐の結び方スニーカーは中学からの

悪友が買い物にくる迷ったら火事の方へ行ってください

問いかけて冷静になる気配でも背中を押すように樽が来る

網戸網戸網戸のせいと化け物が語るようには腰が上がらず

わたしたちだった花火の音がする屋上で全部食べるそうめん

死んだ目で花束もらう仕方なく笑う文脈ばかり　やばいね

固まった絵の具のような初恋の記憶ほんとうに好きだった
青ペンで暗記したこと来年の夏にはわからない君のこと

日誌には天候とあり時々と書く時々は晴れたと思う

書きかけのノートをめくる風があるあさって水族館に行こうよ

トルソーと菜の花が好きあたらしい愛から味見するきみが好き

女の子たちの群れから本体を取り出すように絵筆を濡らす

雲形の定規を置いて空をみるただの模倣のわたしの住まい

書き置いた線　Fになる　さかなの小骨のような喧嘩を

ぬかるみに埋もれる青いどんぐりのこころの揺れよ断りにくい

弟の傷の治りが遅くなり夜の散歩の話題が変わる

言語野を走る／この世で血を分けたお前のために月光が鳴る

ずっと昔読んでいた本には光りつづける「続く」わたしは続く

メゾン花

「死体っぽい」「死体っぽい」といいあった春の修学旅行の夜は

友達とお友達とパンを買う噴水広場の段差に座る

もしかして髪切ったかな校庭で想うだけのクリームソーダ

初恋は思い出せない後遺症あとであの時だったとわかる

剝製になる方だった女学生なのに花に擬態している

強気だし赤いコートで私にも私らしさがあると信じて

花言葉おそわる夜のもうおばけ探しをしない花のパ・ド・ドゥ

銀色のオニツカタイガーくたびれて桜をたくさん連れてかえった

花と肉、カロリーが好き、恋人につないだままのコンセント抜く

見守ってもらえるように駆け上がるときはなんでも坂にみえたよ

懐かしい心残りはあかつきの蜂の行方を追いかけられず
臆病な思いの丈を採寸しりぼんは大きく上手くいくから

うっとりとフルーツサンドの金縁のお皿の底をひっくり返す

生意気で向こう見ずでも庭鋏くらい買ったし、死んだって春

赤道をみたの？あなたは赤道で恋をしたの？もう盗まないで

もう言葉なんか古くて文節はコッペパンだし、赤ずきん、死す。

あなたの前で踊りたい◯こ◯ん◯に◯ち◯は◯最終的に味方になって

あの春の回数券は花びらの死とはいえまぼろしの速達

雪渓の袖をつかんで抱きよせるあなたに花の呼吸器がある

あえて春／本能に跨がりながら花見は花を見るだけにする

女の子たちはきらきらいけなくてつつじの花の残骸だらけ

その頭おくれと言われ芍薬の刺さる頭を春が燃やした

一円きれい

コンビニで何も買わずに出てくるともう夏だったみたいな日差し

休講でお金がなくて海をみて海の図鑑に日が差している

幽霊のために水族館を開けこころゆくまで一円きれい

夜をゆく一枚板にきらきらのいぶりがっこと塩ひとつまみ

ダウジング信じてる?っていわれても夜風にあたらしい缶ビール
道端のコンドームから道端のラブレターまで走れなくない。

かき氷食べながらみるともだちの映らないただの海の映像

折りたたみ傘をたためるひとといて夜を収納しないでほしい

水槽にネオンの反射だった空き瓶だった門扉をしめる
裏拍を補うように割れているピスタチオの音があちこちで

さくらんぼみたいに歩く励ましてくれるのはなぜいつも夜中に
夜明けには雨の舗道の貸し借りは終わったはずなのに鍵が鳴る

夏の日にあなたと出会う先回りして食卓にキウイサイダー

洗濯をすればするほど自分から花が咲くわけないことを知る

どちらかの百円玉でジュース買う日々にたしかな水玉模様

また雨のにおいがすると言いかけてまたあしたを選んでしまう

ささやかな水の名前がいっせいに夏の光にむかって走る

わんわんが走る西瓜を追いかけてそこで途切れる映像だった

音程を外してしばし休符する海の家では買うものがない

ガールフレンド

冬の駅赤い栞紐をみて通りすがりのAになりつつ

しらたきを雪平鍋にくぐらせて入試の前に湯気になりたい

開いている窓の記憶と裏返す答案用紙そのままにして

合唱の練習をする口実が南天の実のように嬉しく

無表情だけが取り柄の制服で茜しずかな解体工事

吐く息の白く生理がおとずれて冬の最終電車の明かり

手でちぎる豆腐の弱いあたたかい空気をまるっとぶつける冬は

甘酒とお神酒が二人ずつだった家族の一回だけの正月

手探りで夜の水路をゆく雪の正しい魚にはなれなくて

仕方ない、仕方ないと繰り返すもらってばかりの雪のまっさら

家が好きだった私が何も出来ない頃から屋根があったのが嬉しくて

そこは床そこは雪だという傘がそろそろ壊れたいと話すから

恋をするしないではない恋愛は動詞にするべきだとおもいます

幾冬を越えて鞄の底にあるミルキーねえミルキーしななないで

椅子五脚重ねて運ぶそちらだけ愛の歪みが正比例する

肉月に変換される父の胃を切り裂く方の大人になれず

とりあえず謝るくせととりあえず缶コーヒーのそうじゃないだろ

生姜糖もらってひとつ食べさせるこれから雪になる夜にいる

冬の底辺で三角座りするこれで良かったふたり未満で

もう君の痛みではない月光をすりおろす鬼おろしください

あの冬はガールフレンドだったから紺のダッフルコートで立った

軌跡ならふたりで渡る内海のひとつにもらう書かれない日々

舞台から降りたら沈没する船よ十年分のあなたの岸辺

水道の水はそのまま話し込むかのように魚が好きらしい

抱擁を読点として愛されてゆるやかな曲線は句点へ

紙に記されてふたりは文字となり「い」はすえながく「い」のままである

盥《たらい》から柄杓ですくい水を立てる冬の晩だった、で終わる

白湯

その雪は熊笹をしならせるように川にとめどなく手を伸ばす朝

口癖の斧があればを新聞紙くるんで雪の里の白菜

気配では喜んでいる親族の背骨の数をかぞえる遊び

花びらのふやし鬼して友だちはみんな落雁のさくら色

岩と岩の間に金を零しつつ桃の御殿のふたごの走り

稜線を龍の背でゆくあなたから子どもが生まれて寿ぐための

けして手綱を緩めぬままに早春を越えるはさくら蹄のさくら

日々の雑巾は確かにくたびれて睡蓮の咲く庭で干したり

覚え書きみたいな百合の花だった河童も汽車に乗りたいらしい

鉄瓶の白湯をそそいで明日は雨らしい真白のくるぶしをみる

雨ふらし水菓子水天宮そうか交番に届けなければならない

浜千鳥柄の背中がみえなくて波は親ではなくて親戚

あとがきの舟がよなかの河をゆくあちらからみて先があるのか

降り出した雨と書いたら雨が降るようにこれから人になります

II

みえない

あらかじめ遺伝子にあるさみしさが台所から花見をさせる

雪柳かけがえのない傾きの同じ川沿いの風速は

かんざしのように桜が揺れている今年も帰れないと留守電

空っぽの乳母車を押している春のぬかるみ轍をつくる

あくる朝十八になる玄関の金魚はふっと縦に立ちたり

「みて」「みて」と綿毛のような子が示す遥かな飛行機雲がみえない

階段に枯れたシロツメクサがあり砂糖のような「もらってもいい？」

折り紙をひろげて紙に戻すのは川にするより簡単だから

発芽するように跳び箱とんでいく光のどかな整列をみる

散歩して明日のことを考えるこころの軽さ、玉結びして

いいことを続けていくと革靴のかかとすり減る雨のぬかるみ

ピーマンに支柱を立てるこうやって晴れた日も支えて欲しかった

陰影はなぜ必要か見渡せば折り鶴の折り目に寄りかかる

かなりもうむりだとおもうこの夏はぶん投げられたひまわりが勝つ

夕涼み…ひとり（遣り水）ふたり（傘）さんにん（坂道）あいたらあそぶ

黒々と茄子の花から蟻が落ち一匹いっぴき夕暮れを追う

飛行機の姿勢で走る子どもから絆創膏が剝がれた昨夜

君の遺跡

鳥の名を教えてくれる合宿のもう出立のほどよい朝餉

切り株に座っていると思うより友達がいるほどよい距離の

関心を寄せて傾きつつ君の方位磁石にあまつぶ落ちる

植物が点々とあり系譜図にいたる我らの錨をおろす

偏りを愛するように左腕から百合になる季節の消化

蜘蛛の巣　引っかかる花びらはない　引きちぎられる水はやさしい

君は君の遺跡をずっと着ていると死後も風景になる仕組み

月の出を待つひとときに背伸びして深夜はセロリの収穫をして

話し声みたいな鳥の足跡と水薄荷の花の群落

れんげ編むときに俯くだけだからこころゆくまでポニーに乗って

夜の李

まばたきに硝子がみえて夏の夜をデニムで駆ける仕事を探す

電話して蛍のようなひとときにはみだす川の湿度をきいて

応援をしたらあなたの運命がきこえるような炎色反応

真実が角度を変えて露見する運河に白鳥をみにいって

湖にひとすじの火が打ち上がる青い花火のような、拝啓

青あざのような夜明けの海わたる鳥のひとみに工業地帯

三日ほど留守にしてソーダ瓶を置く窓からみえる岬のしろさ

昔からある貝殻の柄に似た手紙みたいにしまっておくね

ねると打つときに肩身が狭そうな句読点ねる。ねる、魚たち

陰影の額縁をふたりで運び遠泳のように両親になる

呼ばれてもいない晩餐会の骨つないで風鈴にしてあげる

蟹食べて黙る間に月昇るお客さんもう終点ですよ

ふりあげて月の大太鼓を叩くたんたか大漁なのかたんたんたか

水、氷、永遠になる遠海を今夜密封する金屏風

夜の李は桃のうちミルフィーユやわらかく山河の体《たい》をなす

天窓

追伸と追悼のごとたなびいた煙が春の写生に残る

両親が人間になる玄関の鏡台の印鑑ひとつだけ

産んだから生まれただけの蝶番ほどよく錆びて寂しくなって

旧銀行の椅子には椅子の幽霊が通りかかれば花冷えの狩り

社交的みたいな根も葉もない苺ショートケーキの銀紙のゴミ

晩春に死んでほしいと幸せになってほしいが千切れる会話

リカちゃんに電話をかけるランドセル次第に重く沼にしずんで

終盤も話がまとまらない草の思考の外側で咳をする

血縁を歩み寄る午後エスカルゴつまみ食いして光の回廊

生活の層の腐りつつある根元ようやく絶縁が来てくれる

天窓の灯りが照らす清潔な落雁の箱かかえて露地へ

洪水の跡地のような絨毯のこども時代としばらく過ごす

対価とは記憶を量る天秤の片方が消えそうな家系図

大皿に煮かぼちゃの山この話ぜんぶ知ってるけど夜の顔

着地する話題としては新月の波濤がみえるくらいの転居

手放して手は蝶々の柔らかさ海岸沿いを遥かまできて

永遠に鰐

額装はミントグリーン肖像の十二歳には憂いの夏が

どことなく民芸品の趣のカブトムシの脚のつやや か

信州の藪の中には隠したい身体の傷の標本がある

灯台のような山葵を削るとき積極的な五月の香り

睡蓮の写真を飾ってから外すまでのみじかさ　母というひと

あのときは胸の内では拭えないもやしのひげ根のこころぼそさが

紙屑は紙であったか散らかった部屋で垂直のはさみたち

内省の紙を揃える手さばきでさきほど髪を梳かれたばかり

ゆびさきで百合の雄蕊の葯《やく》を取るような快感だった気がして

雪柳かかれば肩を抱き寄せてただ奪われるような歳月

冬瓜の皮のめくれて傷口の翡翠は言い返せないのですか

生まれつき負けを認めているような虎に食べられそうな庭園

水出しの煎茶を注ぐ、迷信を確かめたくて波紋のぐるり

日本橋京橋そして千疋屋今日は三人称として会う

連絡をしたいからするただ鈴を引くようにあなたを思い出す

流木の上に座ると月ひとりこどもが老いてゆくだけの昼

窓際をゆずり続けて母の眼に映ってほしい渡りの鳥が
涙目にするのもさせるのも私、水面に針落ちる七月

導火線長い怒りを携えて軍鶏の話題にすり替えている

家系図の今どのあたり植物で分類するとマメ科だろうか

曲がり角失うように永遠に鰐の話をされている庭

父の手に委ねられてる並行の命のうちで娘はひとり

アボカドのポタージュテイクアウトしてはやく絶滅して帰りたい

葬列のこれが私であるならば寄りかかる草かんむりの門

III

テリーヌの夢

外泊の朝にうっすら靄がかる皮膚も埃も似たような都市

あいにくと母は留守ですテリーヌの夢やわらかな木曜の薔薇

葡萄切り鋏をひとつこうやって噂は食事の前に摘み取る

雲隠れする父の背と大人しい子どもは背中合わせのすみれ

ワインには花の記憶があるだろうからかいながら手をとめないで

心地好くねじれる薔薇の庭園の互いしかみていない脱衣

三度ずつ翼の音がずれていく足はあなたの水面にふれ

偽名では教えられない既婚でもぶどうとばらは同じ病気に

片思いして一年の無花果のふれれば音もなく土に落つ

自生するドライフラワー秋めいて雪鱒のグリエを切り分ける

兄妹のように生きたい永遠の年の差を食べながら花びら

石化するように褐色する薔薇のしばらく習慣を捨てたふり

呼び捨てにされる準備をする前に燃える聖堂どうしたらいい
お互いに同じ親だと知らぬまま林檎の芯の積み重なって

銀泥のフリル

面倒な女の子から日曜のバスは運んでいく　ばかみたい

硝子張り　窓に近づく白猫のしっぽの先の冬のマシュマロ

雪をみる目を刺繡して薄緑色の朝日を購ってかえる日
またミラーボールのなかで眠るから雪が降ってもおこさないでね

白鳥は幻のかまくらに棲む腕時計の銀色の水

衣類とは違う手触り冬枯れの枝に蝙蝠傘の叱責

石膏像心のなかで欠けてゆく良く日の当たる私の部屋で

連絡がないよ頭の中で飼う黒鶫《くろつぐみ》五羽みんな引き出し

転調の繰り返される左手のみぞれ降る夜からまちがえる

蜘蛛の巣でできる国会議事堂の修復されるレースの部分

返信のRe: からRe: Re: へ銀泥《ぎんでい》のフリルひらめく冬の馬車道

胸に真珠を育てよう諦めは風化してゆく崖のきらめき

怒らないとわからないなら怒るからどうかハンカチ踏まないでくれ

冬物の時代に一歩踏み入れる靴の歴史に寄りかかる皿

ラグーンの庭から馬の嘶きがきこえる風景のスカーフは
濃淡の夜は硝子を古びさせセルリーのシャーベットで終わる

ポワレ、と口にするとき真冬日に隠れる魚が尾をひるがえす

もしかして仲直りしたことなんてやっぱり死ぬまでなかったんだね

うさぎには今夜の雪が詰まってて最後も好きな景色をみてる

ミニチュアのクリスマスを眺めるとみんなが生きていた頃の犬

みみずくの夜には夜のささやかな林檎の箱で机をつくる

連絡をください　ぼくの心だけ抉られる　柘榴の月明かり

魂は2等分にならないか君が滅びるまでのおしゃべり

人類が溶けて氷河になるように静かな夜の品評会は

Fiction

立ったまま食べる苺の舌触りひとり暮らしのための猫足

食器なら百年くらい生きられるティーカップ&ソーサーの夢

来客の小声は消音にはならず食用薔薇のひとひらを置く

貨幣から遠ざかりたいおしゃべりな楽屋で待機するつけまつげ

全集の埃を目覚めないように紅茶を水平に運びつつ

この服でわたしが殺した恋のこと、鹿の角、体調が悪いの

風邪薬ひとつふたつと増えてゆくこれが星座であれば壊して

手話でする藤本は藤の房と本どちらも昼のワルツのように

噴水の天使の像を見上げたらこちらに影を作ってくれる

慢心を切り裂いていくパーティーにハーフムーンバッグを持って

手づかみの氷を硝子に落とすまだ傷付いているふりはやめなよ

微発泡　月の狩猟の思い出にプールサイドで銃を乾かす

重婚と夜の切り絵のふつつかな、私のための花束くれる

緊張で火傷している海岸であんなに一緒だったのになぜ

歯車になってよそから見られたい恋愛感情を外付けに
錆びてゆくチュールスカート薔薇色の沼には沼の余生があって

どうしても好きなのにそれだけだった恋の生前葬の舞い散る

真冬には祝日の誰もいない部屋その空っぽのクリームチーズ

レインボーブリッジは霜で出来ている望めば望むほどに遠のく

王冠の山にはシーツ降り積もりひとりで食べる冬のクグロフ

シーサイドテラス

紹介をする／されるとき袖口の蚕の糸のほぐれるような

アイロンをかけたばかりの朝なのに素足でいたいストライプ柄

空白の時間に忘れそうな恋いつも他人が現実である

休日のソファは無人島になりひたすら丸まって過ごしたい

病院の待合室で譲り合うひとは命のあるぬいぐるみ

会いたいに含まれる成分表は感熱紙もう誰もいないよ

清潔なガーゼとともにピンセットお泊まりセットの「お」をとってやる

桃のジュース、カセットラジオ、話し合うまでのデザイン整えていた

友達になってとスワンボートには書いてあるけど春も終わるよ

振り返るくらいならありがとうくらい言えよってもうビームが出そう

化粧水はたいて冬の朝に立つ自尊心をつよく求める

いつも角揃えて紙が置かれてる湯気のたつ白磁のマグカップ

表情を一枚めくり手づかみにしないよう揺する給湯室

果物は静かに削除されてゆく涼しい洞窟のShiftキー

信頼の地層にときどき崖崩れわかるからそうなる理由まで

親戚がよく死ぬひとと食事してうそは桜の花芽が好物

花冷えの紙の取り皿もう一度サーモンのこと教えてほしい

アラームを汽笛のように繰り返すその気になれば海にも行ける

シーサイドテラスの電話番号はカレンダーだよ、じゃあ、またねって

夜明けまでしつけ糸ほどけるように平均点のわたしが歩く

好きなひと、だった、好きな、ひとである、最後に糸が切れるまで見る

そういえばオレオ

体重をかけて檸檬を押す真昼やっとひとりの土間の静けさ

卵割りながら光をまぜながらここで互いの朝をつくって

置物の黒電話から持ち上げる光のほうに玄関がある

本棚の整理をすると中央に硝子の松ぼっくりの明るさ

大切なメモを探しているように窓から入る枯れ葉の子ども

ドーナツの○問題のように会えない一○月にしおりをはさむ

北あかり裏漉しすると思い出が零れるような秋の受け皿

洋梨を煮ている明かりお砂糖の会いたいくらい紅茶が似合う

梨の音が身体の内で鳴り響く最後のひとつあげたくなって

大型の犬に吠えられもやもやの晴れる冬の陽そのまま過ぎる

園舎にはジュリエットの窓がありいってきますと冬の朝でも

見通しをどこまで立てる冬晴れの積み木の針葉樹林たおれる

暖房はつけない冬の台所つれつれと林檎の皮まわる

一夜あけ雪合戦をした後のそういえばオレオみたいなメール

歯に風がしみるかつては海だった雪だった子どもを連れていく

水際の濃淡に手をひたしたら冬の切手に近付けるだろうか

靴を履き替えて感情ほぐれつつ有精卵と告げられて雪

欄干の上の手袋まだひとつ誰のものでもない夜がまた

皇居ラン

たこ焼きの舟に並んでお花見を知らないひととしたことがある

梅桜桃の通夜から帰りつつ水際を歩くような横顔

飛び石を渡るさみしくなりたくて私は私のことが嫌い

賛成をしないくらいで恨まれるだから水田になるんだよ

梅干しの深紅の露がぽつぽつとこれより花の頃の包丁

体温はほとほと春の雨になり咲かない方のさくらをみてる

感情の棚が年々入れ替わり胸の高さの引き出しの恋

婦人科の帰りの角に沈丁花咲くゆるやかな傷の裏路地

憐憫と胃袋の秤がゆれる代々木の亀の絵の赤ワイン

それなりの節目だろうか春の夜の虎屋の三匹の紙袋

菜の花の天ぷらひとつふたつあり無事で良かったと思ってる

こころから書斎を取り出すようにしてひとりになってみるカレンダー

なぜ泣けてくるのか春のまっさかり麒麟の皇居ランを眺めて

さよならの代わりにどんどん投げている海老の花揚げこれからだから

あとがき

昨日、インスタで新しいパテ屋の情報が流れてきたので、仕事帰りに意気揚々と向かったら、まだ営業時間内のはずなのにもう閉まっていた。がーん。せっかく楽しみにしてきたのに……駅から十五分歩いてきたのに……ご縁がなかったのか……と閉まっていることをにわかには信じられず、お店の前を無駄に二往復してしまった。肩をおとしてUターンしたら、暗い夜道にしずかに輝くパティスリーを発見し、気付けば焼き菓子を手に取ってお会計をしていた。悲しいやら疲れたやらで、歩きながら個包装の包みを開け、ガレットブルトンヌを食べた。ぼろぼろと零れたけれど、その甘さがほんのり口のなかに広がる頃には、まあいっか、と思えていた。食べ物には気分を変えるスイッチがあると思うけれど、何があっても、まあいっか、と切り替えられるかどうかが人生のシーンを決めていくような気がする。

「第二歌集は？」ときかれるたびに「お金ない」と答えてきた。ないものはない。短歌はあるけど。わりにあっけらかんとした気持ちだったが、今年になっていろいろな偶然が重なり、思い立ったが吉日、ある日「第二歌集を出す」と決めた。それからは、その日のうちに（つまり気が変わらないうちに）左右社の敏腕編集者の筒井菜央さんにご連絡した。私の人生のなかで緊張したメールベストテンには入る瞬間だったと思う。

おおよそ十年分の歌稿をまとめるなかで、あーでもない、こーでもない、と途方に暮れながら、しっかりよく食べ遊び寝て、押し寄せる思い出をばっさばっさと整理した。私の短歌は基本的にフィクションだが、歌会で言われたこと、短歌をつくったときに起きたこと、などの関連事項は意外と覚えていた。もちろんどこにも出していない歌もある。出すタイミングがなかった歌が日の目を浴びるのは、結局作者がどうにかするしかない。結果的に歌集の構成は、ゆるやかな編年体となったが、それぞれの歌がまとう空気感や並べた際の場の雰囲気を思案した。最終的にまあいっか、となればいいなと願っている。これは楽観的すぎるだろうか。

これまで短歌で関わってくださった皆さま、ありがとうございました。歌集刊行に際しては、帯文を東直子さん、装丁を名久井直子さん、装画をNaffyさん、という夢のような皆さまからお力添えをいただけて、とてもうれしく思います。心からの感謝を。

二〇二四年十二月　　藤本玲未

藤本玲未（ふじもと・れいみ）
1989年生まれ、東京都出身。「かばん」会員。
歌集に『オーローラのお針子』（書肆侃侃房）。

テリーヌの夢
2025年2月28日　第1刷発行

著者　藤本玲未

装画　Naffy
装幀　名久井直子
発行者　小柳学
発行所　株式会社左右社
東京都渋谷区千駄ヶ谷3-55-12
ヴィラパルテノンB1
TEL　03-5786-6030
FAX　03-5786-6032
https://www.sayusha.com
印刷所　創栄図書印刷株式会社

ISBN978-4-86528-456-0